歌集

コロナ禍の記憶

沖荒生
Oki Kosei

角川書店

歌集　コロナ禍の記憶　目次

装幀　片岡忠彦

歌集　コロナ禍の記憶

沖　荒生

Ⅰ　追儺なき大晦日

2020年1月中旬、中国において武漢からの旅行者に新型コロナウイルス検査の全件実施を開始。日本においても感染者が報告される。
中国の春節を前に、親会社から高位の客人が来ても、この時点では誰も新しい病を話題としなかった。

おにやらいする声もなき太陰のおおつごもりに来たるまれびと

ところが2月にはいるや…

出張の予定もすべてキャンセルで果たすあたわぬ"See you, again."

おれだけは感染せずと言い聞かせ古びたマスクを今日も着用

さらにマスク品薄状態に。2月5日にはメルカリがマスクの高額転売問題について注意喚起。

2月中旬、勤務先では在宅勤務とラッシュを避ける時差出勤、退社を推奨。

覆面はひとりなりけり会議室我が大袈裟対皆の無自覚

会議中マスクしろよと対面の口角凝視す　ペーパー越しだが

見るほどにあいつの顔にいるような髭に突起がからまってたり

目に見えぬコロナは在らずと仮定してマスクを外しマスクの効説く

アジア発新型コロナなればとて米国上司の質問にせく

鎖国派の部下の論旨を減点すそのマスクなん中国製なる

この頃はヤフーも進化しネットにて町から消えたマスク売るとか

暖かくなる頃には終息するとの楽観論も聞こえたり。

気のゆるみゆく頃なればウイルスもやがて消えんの言に潜める

しかし馬耳東風とて詠める

東風吹けばフウイヌムの耳得たるらし世は惑えども我は関せず

2月下旬からは連日、国内で二桁の感染者が報告される。

春風やどっどどどうど吹き飛ばすと思いきや増える感染

しらまゆみ春の嵐は気まぐれで何故ウイルスは吹き飛ばさぬか

3月2日、勤め先は在宅勤務を原則とするよう指示。

「明日からは総員自宅勤務せよ」つとめての社は朝日まぶしく

「今日よりぞ日課の朝礼停止する」ただひとり居るオフィスに起案す

派遣の方は契約上、就業場所が定められており、在宅勤務できないという問題も。

コロナより契約上の執務場所優先さるる派遣と黙礼

十人以上の会議を禁ずべし役員十一人は決議す

「連帯を、かかる時こそ連携を」送るメールの絵文字に呼びかく

駅までのひと気ある道なき道と今日より後者を通勤路とす

この便になお乗客の多しとて次の車両を待つ人の密

ぱっと見は常に変わらぬラッシュ時もどこにいるんだステルス・ウィルス

眼泳がせ咳を怺える顔と顔疑心暗鬼が車両に満ち満つ

うちつけにしわぶき四つせきあえず面を伏せて自ら怯ゆ

空席のどれかが当たりかもしれぬ両脇の顔色見て座る

やがて聞き慣れない言葉が使われ始める。

一つあけ社会と離(か)るる習性に「社会的」との本意なき形容

とうからにひとを避けゆく習いなりこころおきなく社会的（ソーシャル）に生く

身の丈が都合よくしぞ六尺余歩くソーシャル・ディスタンスとなる

あちらより来る人とアイコンタクト自ずと開く社会的距離

ccさる…出社業務の投げ合いに…昨日連帯呼びかけたりしを

素人は悲しからずや換気にてただようコロナ誰に染むかと

コンプラにそれぞれの社の個性あり訪問できたりできなかったり

ここは歯科だからおそらく大丈夫言い聞かせてもくもりゆく胸

ラッシュ時を過ぐすコーヒーすすり飲む寝ぬる家人をおどろかさぬよう

街中を人の目だけがさまよえる人を訝る目また目だけが

エレベーター慌てて乗れば背のみ見ゆげに我が息のやや荒きかも

昼下がりラッシュを避ける地下鉄は並行世界を迷うようにも

ひとかげのまばらな早めの帰宅路をウーバーイーツの自転車の風

九時五時の概念消えた勤務時間たぶん、だいたい?七時間強

息子の小学校も休校に。学校から不要不急の外出自粛の要請。

休校に不謹慎にも子は破顔コロナコロナと犬を呼ぶごと

ありがたし休業中も学び舎はホームワークでステイホームと

一週で謹慎やぶりおのこごは犬とありきて一つ遠吠ゆ

どうでもいいだがどうしても気にはなる「不要」と「不急」…andかorか?

散髪は生活必需と言わるれど無帽蓬髪、親子は散歩す

不急だが不要ではないこの外出意外にかしまし児童公園

かなしこは未だにだっこおんぶにて避けようもなき濃厚接触

昼餉後に息子負いゆく公園の日ごと高まる男性比率

公園にこどもの声はこだまして終始ミュートのリモート会議

3月20日、WHOが喫煙は重症化リスクを高めると発表。

弊害を知る人、知っても無視の人　喫煙室の雲やや薄し

新宿に立ち並ぶビルその一つ激しく揺する一人の陽性

新宿はここだもさわぐ鳥の声モノ感じてや密を散らせる

エレベーター管理会社の老い人が一階ボタンを拭きつ眺めつ

卑俗なるウイルスは皆来るのだがコロナにだけは何故か好かれぬ

Ⅱ　籠もれるほかいびと

3月下旬頃から感染者が急増。東京都も「不要不急」の
外出自粛要請。自分も在宅勤務が続く毎日。

朝まだき—ふたたび醒めて三度寝す　死病の世にて四度目を閉ず

鼻毛抜くやがて抜け跡膿となるコロナに非ず　喜んでおく

西日浴び部屋に浮かめる毛とほこりコロナに見立て吹き飛ばす　暇

これもまたコロナのせいと逃げまくる惰性の日々が性に合ったり

たまには五七五七七およびおりやることなさげに短歌詠みてん

無聊なり…通勤時間は二十年我を多忙と錯誤させけり

本意なくも家居は老いをせき立てて方丈に居ておぼめく手元

この日頃隠者のごとく暮らせども世の迷いのみいやまさりつつ

たまさかの逢瀬もおずおず口を吸う咳と発熱なきを確かめ

口を吸うそのたび無言で煩悶すうつされたるかうつしたるかと

うつしたらごめんと耳には聞こえつつうつしたよね？と言われたような

常よりもあわき逢瀬が物足らぬさはさりながら濃厚接触

自粛せぬ週一回の逢瀬なりこれが私の生活必需

世の中はコロナに覆われてはいるが誰も逢瀬はマスキングせず

ごめんなあ、愛とダイヤは換えられるだけどマスクはほんとに無いんだ

順番が逆なりしかば花粉にと今年もマスク買い溜めましを

この店は？「マスク品切」あの店も？一駅隣そのまた隣も？

恋人に買いしマスクの半分をよろしくしにゆく妻に渡せり

3月29日　志村けん氏死去。

あの人がかくもあっさり逝きにけり土曜八時を待ちしあの頃

鳥辺野に見送る人もなかりけり後れし者と骨もあわれで

咲くや散る不要ぶりこそ習いなれ今年ばかりは不急に咲かなん

そんな中、開花中の降雪という珍しい現象も。

めずらかに雪の添いたる八重桜この年なればあだ花と咲く

昨年の花見の集合写真見てマスク皆無に何故か違和感

人声の絶えて久しき通勤路ももちどりの声々を聞き分く

うらうらと野鳥さえずるこの頃もこころのうらにコロナ離れず

3月終盤にはイタリアの感染者数が中国を上回る。

あなたよりコロナの方がまだましとハグの国見て妻が自暴す

穴を掘る防護服着るさて葬る間もなくひつぎ積まれゆくなり

これだけの犠牲者出してまだ言うか最後はみんなで勝ちましょうとか

どの局もコロナコロナと堪え難しチャンネル変えれどコロナコロナと

感染の経緯が不明でげにもげに袖触れ合うも濃厚接触

ウイルスがまずは心を蝕んで街にみつなる離婚、虐待

流行はやがて我が身にふりかからんウイルスだけの病ではない

ウイルスは家居の妻を蝕んで真昼の吾が魔とも見ゆめり

ウイルスはげに目からさえ感染す妻の睫毛がやまいだれせり

狂いたる妻が洗えと言えばこそ狂したるごと手を洗ッたれ

ぎちぎちぎちと洗い尽くしてまたながむこの生命線にウイルスやある

ウイルスがまぎれこむのは肺ならず暮らしの襞が硬化してゆく

夫とはそんなに鬱陶しいものか息をひそめて子と喰む夕餉

改めて我らが国土狭きかな家も会社も距離を保てず

この国の狭きが故に手を取らん、とも言い出せぬ夫婦の籠居

そう言えば今年で結婚十年で具合よろしく夫のみ錆び…

感染者の増加はとどまるところを知らない。政府、自治体が何らかの思い切った手段を講じることが期待されるが。

のちのちの補償の額におびえてはおおみたからの魂や守らる

「国民の皆様のため」の人々の「国民」という共同幻想

「経済に大戦以来のインパクト」安易な評が命を捨象す

あいつらも年取るはずとながめおり同級の元ＳＭＡＰの皺

４月６日、慶應大学病院にて集団感染の報道。

研修医集団会食即罹患完全欠如職業倫理

4月上旬。家にいる時間が長くなると余暇も長くなり、刊行中の岩波文庫版『源氏物語』を読む日々。家庭の危機は突然に。

淡きあわれ女三の宮に抱きたる朝日に別離切り出すひと影

年とると私は狐に憑かれるの無表情にて妻は語りぬ

もうずっと父子の風呂に入らないとうに知ったり君の変心

コロナにて世の中騒がしその最中世に出でずともよかろうに、妻よ

コロナにてＤＶし合うその前にコロナ離婚とそれもよからん

薄明の離婚話がひからびて喉に落とせる黒き液体

この頃の家事行うは伏線と条件交渉しつつしらける

この星を心が離（か）れてひとめぐりだから一緒に「あつ森」している？

無意識に歌口ずさむ幼妻、遊行の性を抑えかねたか

あとわずか何かがあらばわたしたち漂泊者としてわかりあわまし

4月7日、政府による緊急事態宣言。しかし却って出社の必要が生じたりも。

金融は生命線（ライフライン）と言わるれば緊急事態の朝もネクタイ

八時過ぎ最寄りの駅を小走りに疑うらくはこれ日曜かと

宣言は単なる国の宣言で社の緊急は今や日常

直面（ひたおもて）飛沫のかかりやすしとてジグザグ着座　景色よく見ゆ

会議とは目を見て話すが当然で斜に座れば皆流し目で

マスクなき人が服する箝口令　口覆われて得る発言権

古もかくぞ商いしたりけん令和の世なる無言貿易

※「無言貿易」については赤坂憲雄『境界の発生』を参照されたし。

出社にはマスク着用義務化との全社告知の起案にせき立つ

如月の役員会議はのどやかでマスクせし我みな笑いしが

あゝこれが緊急経済対策と?·緊急前の官報公告

舌はなおマグロもサバもみわけたり簡易検査となりける昼餉

隣客はよく牡蠣食うと呆れたり塩とソースとレモン振りつつ

この味が薄くないかと聞こゆれば隣の客が陽性記念日

現金はトレーの上を行き来して境界（アクリル）越しの沈黙交易

※「沈黙交易」については赤坂憲雄『異人論序説』を参照されたし。

行列に入荷予定を告ぐる声　つゆ聞こえぬと老い人の声

ま後ろの軽い咳にも「あれ」ならん　推定有罪、列を離るる

On the Streets, no Stranger exists. The Economy stops, limited stocks

ストレンジャー来ることもなきストリート経済ストップ乏しきストック

※「ストレンジャー（"stranger"）」はまれびとの謂いなり。

街は無人それでも在庫がないという謎に拒まれありく人々

明日閉ずるパチンコ並ぶ駅前に「まだうちたらぬ！」と飛沫幾つか

目の不自由な方にも非常時は訪れる。

杖かざし振り返らずに子に問えり「マスク外した？」盲目の母

試みに使用済みのを重ね着すリスクが倍か効果が倍か

子が棄てしマスクを着けて働きて帰宅を前に玄関に棄つ

洗剤が不活化すると聞きしかば鼻腔・口辺と薄く塗りたり

早朝の薬局めぐりを日課とし自ずと見知るマスク・ハンター

マスクするすなわち眼鏡くもりゆくよろめきたるは視界か病か

鼻を出すすなわちしまえとなじられる隣の主婦が警察だとは

人を避け人を避けてと道をとりなにゆえ迷う3密の中

その効果、する本人も疑えど3密の中呼吸を　止む

九時までに来なくともよしさりながら発車サインにパブロフの足

悲しくも発車サインに駆け込めり白眼視する客あらなくに

宣言下　会社に来る人来ない人意外な人で線ぞ引かるる

会社に保管してある社印のために出社を余儀なくされる人も。

顧客との対面かなわずおわび状法務部前にハンコ行列

独り子は父の帰りに飛び付きぬこの接触を構うものかは

Switchにうち興じ居る子のほおをふと触れみればほの熱くあり

いつの間にコロナや家に忍び入る夫婦のすきま風とともにか

有難き無病息災健児にてほこりまみれの体温計ふく

久しくも対面無ければ無残にも残電量に×（バツ）のあらわる

八時過ぎいずれも閉ずる商店街極小電池を尋ねただよう

ゆゆしくもスーパームーンの赤きことあれもコロナ?とよしなしごとを

いたずらにかけまわりし後なおゲーム…　どうして倦怠感がないんだ?

買い溜めか?隣のおまえが買い溜めか?この国の和は易く断たれる

マスク・トイレットペーパー・体温計　かく物、否、和の足らぬ国とは

この頃、「37・5度」が「4日」続かなければ検査も受けられなかった。

体温計ないというのにいくたびも「37・5」にこだわられつつ

四日間37・0度がうち続く0・5度の差は何なのか?

マスクでも食料でもなく実に君の命なりけり生活必需は

「緑茶より紅茶がウイルスには効くの」よそを向きつつ妻は出だせり

結局のところ何事もなく、出勤し昼食時に詠める

珍客は洋食屋にて長居する午後の紅茶はたしかにやさしい

テーブルにうつ伏して寝る老い人の隣の席をしきりと拭く客

在宅中の会議は電話から画面付きのオンラインにて参加するようになる。しかし自分の動画を見るのはこっぱずかしく…

十六分割画面の役員会その片隅でマスク外さず

このようにマスクして居る我見るに意外や目にて笑う人なり

ヴァーチャルが今や基本となりぬれば議論に一向熱を感じぬ

Global Head の白眼の血管が Zoom されたり今し脈打つ

フォーマルは上半身のみスラックス、靴に靴下待機する日々

会う人はみな二次元となりにけり体温あるは子とこのひとのみ

しかしついに…

まず一名社に現れし陽性に定義調べる「クラスター」とは？

ねがわくは四名ほどで止めたまえ実に勝手なねぎごとをのぶ

家にても連帯要するこの時にテレワークの間の離婚交渉

家にいてゆっくりしようと言うのならゆっくりできる家をください

社に来るな家に居るなと言わるればＰＣ抱えコロナ難民

是非もなくテレワークのため訪れし個室ビデオのやさしき静寂(しじま)

咳をしても一人でいるが当然でこころゆくまで咳きこんでみつ

喉をいたみあたまを重み繰り返し無駄に自問す風邪かコロナか

二分ばかり体温にサバ読んでみてようやく針は指を刺したり

是非知らずただ事実としてやむをえず自宅勤務兼自宅待機す

結局、何事も無し。

4月中旬アベノマスク配布始まる。

二枚とは子どもがおらぬ前提か少子是認のアベノマスクか

二枚来たマスクをばらし三枚に「旧典型的」核家族とて

ゴールデンウィーク直前に息子に伝える。既に妻から伝えられていたようであった。

うつむきて親の別れを聞きつつも春日の中を砂いじりす

いやだとは一言いえぬかかなしこよ小(ち)さき耳たぶあえかにふるう

かなしこがほんまうまいでいうもんで四〇年ぶり食うたはなくそ

かなしこの破顔の笑みこそかなしけれ親の別れを受け止めて咲(え)む

何年かおまえの母も演じたがそれでも父は母になれない

かなしこよ、ひとげなければぶらんこせん空にころなをけりあげて　さあ！

4月25日から5月6日まで「いのちを守るSTAY HOME週間」。都立公園等の遊具使用も禁止。

こめきたる国民なれば“Stay Home”それさえできぬ　俺もそうだが

意外なところでマスクが売られていたりも。

連休は大長篇でも読もうかと入りし本屋にマスク平積み

ふた月を子どもの声せぬ学び舎の壁にあらわる皺と老斑

口と鼻かき消されたる雑踏をあまた視線に刺されつつゆく

百歳の翁の駄菓子屋神さびて七つの客の御手洗まもれり

自粛とう監禁生活に倦んじ果て光が丘に屈伸いくたり

間隔を取ろうに取れぬ狭き国不本意ながら濃厚接触

久方の光のどけき春の日も深きいきざし忘れたる肺

この土と草にはコロナあるまじと子らが転がる光が丘を

球児無きぺんぺん草の外野には見知らぬ鳥が守備位置につく

立入りを禁じられたる公園の遊具がかたく標められており

「遊具使用禁止」の掲示をふり仰ぎものといたげな吾子のおとがい

人影の絶えたる広場の中央に人柱のごとStabat Mater

人の世がうろたえすぎよ七歳は生けるものらと春をめずめり

※この一連、「七歳までは神のうち」の俚諺に拠るも、数え年ではとの点についてはご海容あられたし。

緊急事態宣言は5月末まで延長。医療現場がひっ迫してゆく。終息の兆しが見えない。ゲーム機やソフトが売れているらしい。

「中国に最近渡航された方…」枕言葉が線で消されつつ

疑いなくやまとは医療の一等国しかしそもそも受けられるのか

家居とはかくしもひとを生おし立つ銃うちまくる我が子のアバター

背を丸め奇声をあげるかなしこよネトゲはさまで楽しき国か

Switchにこどもごころが大人びて稚児らしからぬ課金6ケタ

家居こそ時の流れをはやくすれ八歳の子は人となりけり

Switchが子どもの口をオフにして妻うちつけにトランプ出しぬ

これを機にデジタル化する世に背く家族を嗤う手札ジョーカー

ひとり子にマジカルバナナは残酷でパーパと言えばマーマと幾度も

企業とは良くも悪くも合理的　ために何とか狂せずにおり

雇止め問題などもよく報じられ…

企業では人の頭を合理化で着実に減る従業員数

コロナ禍は誰の咎にもあらざれど己が手汚す人員整理

対面で説明すべきと言われても出社必須と我は認めず

これだけは画面越しとはゆかずとて私物整理の出社認めつ

画面越し飛沫を浴びて帰りつくや妻の暴言　こは耐えるのみ

退職をさせておきつつさようなら画面に向けて汚れた手振る

老い人に電話一つで職の無き街へやりにし午後の曇天

合理化はウイルス故なり従って俺のせいではないと呟く

息苦しマスクはずせどいきだわし「良識派」との顔に塗られて

六法をばたんと閉じれば換気されしばし憂世を忘れたるかな

感染防止もさることながら、心身のバランスを保つこと
が最重要事に…

口ごもり、「俺はコロナにかかるんだ」マスクふんづけること七度

世は深く世は病んでいる世は病んでなじょう我が身の病まであんべき

タイトルに悪寒走った『赤頭巾…』半ばに見たり「真赤なコロナ」

プルースト、第三篇に出だしたりサン・ルーが喫む葉巻の名前

世は病ふと目が合えば紅涙を空に流せりStrawberry Moon

Ⅲ　疫神への踏歌

5月25日、緊急事態宣言解除。当時の安倍首相はいつも
濃い目のスーツに装束けばとて詠める

八咫烏頭上を大きく旋回し緊急事態解除をぞ宣る

「拡大を抑えることに成功す」疑心暗鬼は蔓延のまま

ラッシュ時に戻ってみれば鬱陶し鬱陶しいのに…安堵の吐息

パチンコにハマったことは無いけれどなどなつかしき　ジャンジャンバリバリ〳〵

二月の遅れた分を取り戻せアッチェレランドのジャンジャンバリバリ

6月から登校再開。息子の朝の検温が日課となる。

体温計脇挟む子を脇抱えやわきかいなをぎゅうと抑える

甘え子が気丈に？登校したりけり長き巣ごもり百日ぶりに

「新しい日常」は未だ非常にておそれながらも重役出勤

ネクタイの下はジーンズ十四時半ニューノーマルは息子のお迎え

迷惑な父が子を待つ下校前聞き覚えなきリコーダーの悲歌

「新しい日常」とやら始まりぬその景物と我や溶け込む

「新しい日常」は苦の世界とて天井裏に妻はこもれり

在宅勤務にもいろいろな障害があり。

Zoom中、皆の耳刺すリフレイン吾子の彼女の『鬼滅の刃』の

息子の将棋教室も再開。なお、翌7月には藤井聡太のタイトル獲得で生徒の数も増える。

ゴーグルとマスク持参の指示さらに「王手！」聞こえぬ将棋教室

沈黙が将棋教室支配してたけく聞こゆる吾子の駒音

かなしこよ、あまりに理詰めの指し手なり駒の動きのかわいげ懐かし

巣籠もりに晴雨はこもごも訪れて孤独にもあるかわき、うるおい

妻曰くパパのパパっ子従って自ずと親権我に帰属す

似てるなあ世に背く様、実によく　俺の流儀で爪を噛むなよ

うないごのさるるがままの日は過ぎてうまいの中に我を押しのく

巣籠もりのあまりに長くなればにやわがはぐくみは無用となりけり

たまに寝てたまに起きては仕事して果てなく続くながめいみかな

2020年の梅雨は長かった。

※「ながめいみ」については折口信夫『古代民謡の研究——その外輪に沿うて』を参照されたし。

そして風が強かった。

暴風の妻の罵倒に子は倒れ我が忍辱の柱も折ったり

我が妻よ何故出て行かぬマスクさえしないで外出してたじゃないか

仏果なき夏安居なれば瞋恚のみ火宅に盛るかなしこにさえ

その瞳無邪気極まり極まりて混じり気無しの邪気を投げ来

いつまでも邪の風吹く中に梅雨とゲリラの境界に立つ

陽性（ポジティブ）になれば却ってこの鬱もうつしき日々も終わるだろうか

宣言が解除されるといつしか店頭にマスクも並んでいる…

大量のマスク並めるため息は過去の罵声を思い出ずめり

かなしこよわびてもわびてもわびきれぬ家にて気付く蝉の初鳴き

かなしこよ、ひさびさふたり走ろうか　マスクを外しゴール決めずに

草原に脚を伸ばせよすっくりと靴のサイズも直さないとな

半年も家居をすれば埒もなし父は腹囲がのびのびたんめり

つむじ風ひとつ立ちたる昼下がり夏越の空が颯と晴れわたる

6月終盤から7月は第2波警戒。新宿、池袋などの夜の飲食店でのクラスターが報道される。

第2波がいずれここには押し寄せん飛び込み難き九時の人波

八咫烏、何ぞお前は鳴きにける疫神なおもちまた夜行す

繰り返す「接待伴う飲食店」吾子の頭にいかに描かるる

「これはまだ第2波だとは言えません」手元のグラフはうねって候

寓話とは逆に「来ない」と言い続く都民が波に漂える中

厚労省コロナ談話をこじれさすタップで止めてスワイプで消す

午前九時コロナ漂う人波をバサロにてゆく息ざし止めて

都には老い人あまたあんなるを「コロナは風邪」と若き候補者

7月には都知事選もありました。争点はコロナ対策。

学校は例年より短い夏休み。８月には東京だけで四、五百の感染者が連日報告されるようになる。

夏が来たそして早くも蟬時雨この夏短し確（しか）と遊ばん

吾子の尻ひとつ大きく噴火して夏の青空入道雲立つ

八月の入道雲がそそり立ち地の疫神を焼き尽くさなん

マスク取る　夏が口より乱入す破裂寸前萎みたる肺

乗客の少なさ故に気付く盆。という訳ではないか、この夏

国あげて霊をむかえる民として遺影にZoomさせて手を合わす

独房に向日葵一輪置いてみるおのが居場所を探しあぐねて

海がない夏休みという背徳感あうらと砂の抱擁恋し

潮風と熱き砂との煉獄に身は清まらぬCOVIDの夏

この月の末日をもって閉鎖なればとしまえんを訪れ、終日遊びて詠める

今日のみはマスクも無しに無縁せんきみはぐくみし流るるぷうる

※「無縁」は網野善彦の用語法に従って読まれたし。

手を繋ぎ君に足先踏まるれば波のプールにCOCOA型なす

さようならあゝとしまえん閉じにけり三人初めて行きし遊園

海の無き夏あとにした出勤は未だに引かぬ第２波の中

この辺のコロナも干してくれんかな真昼に祈るビルの谷底

君の目は八月のごとキレやすく離婚条件詰めにゆけない

愛憎は対語ではなく類語にて呪いし人に祝いごと述ぶ

つ、く、つ、つ、く、とつくつくぼうしもどけどもこの夏の夜に花火はあがらぬ

薄味の今年の夏を味わおうこれが最後の線香花火か

「夏休み延びますように」最後まで落っこちなくば満願…「あーあ」

線香は何故弱いのか聞く君よそうだね君は強くあれかし

間奏曲

楽聖のアニバーサリーのポスターもしわぶきたんめり剝がれ落ちたり

ベートーヴェン、生誕250周年

ポスターを拾いあげれば楽聖の眉間の皺も世を憂うめり

世を離れ断捨離すべしと人言えば里の土蔵に子と流す汗

その寿命十年ほどと聞きしかどどの銀盤も時を返せり

6以外騒音としか思われずどうも卑俗なベートーベンくん

おさえればおさえるほどにその楽があふれこぼれてわがしゅーべると

不埒なる弟子に人気は劣るとも俺は好きだなしゅーまん・ろまん

厭えども何故か手が出るでも好きと認めたくないぶらーむすさん

あめつちとなべていのちをどよもして十住心のぶるっくなーかな

うるさくない『大地の歌』より聴きもせずあなたはやっぱり歌曲の方です

諧謔の面従腹背その流儀つねに学びしドミトリー・S

いつの日か君も扉を開くだろう楽音という生の啓示の

結局、夏休みは延びざりき。

Ⅳ　失われた時

８月下旬、早目に始まる２学期。やがて登校を嫌がるように。

登校をぐぢゃぐぢゃ顔に嫌がれば母の居ぬ子に強うも言われず

ウイルスよりゆゆしき日常の破綻　校門前に子のあし竦む

学校にパパがいないと行けないいと?鬱屈しつつ叱り飛ばしつ

「日常」は小さき手もて作れるか?親とコロナが壊してもなお?

「新しい日常」など大人の標語に過ぎなくて子は子めかずに昔語りす

校門を前にぺたりとへたりこむこのくろがねのいかにいかしき

通話器は声をまろめるものにして我が子の声が稚児にかえりぬ

「きょうはぱぱぼくのおむかえくんだっけ?」かなしき声に社から飛び立つ

こんなことができるのも「新しい日常」のおかげではある。

最後の家族イベント。9月の四連休は各観光地でコロナ禍前の人出が戻る。

三人が旅立つ九月の四連休何の日なのかわからぬままに

この旅はゆっくり行けとさとすめり下り車線の遥かなる密

国境を越えてもよしと言われても瘴気を祓いさてトンネルへ

来月は他人になりなん若妻と並び眺むる海月の遊泳

ウイルスは水の中にはあらずとて脚からめあう密なるくらげ

我が妻はアクアリウムの水底に別離を前に我が子と自撮りす

水流が強いる遊離にくらげどち無益ながらも寄り合わんとす

水槽に結んできゆるうたかたがくらげの脚にしがみつきたり

人生は鏡の中と古詩に言いガラスに映る妻ぬすみ見つ

そう言えばあなたはわたしの奥さんで流石は今もタイプなんだが

おずおずとひれを上下に泳ぎ出すエイの赤子と別れる夫婦

ウイルスは水の中にはあらざれど狭き陸地のどこに逃げよと?

「この旅がママと最後のそれになる」事情知りつつ吾子は「どうして?」

かき氷ほおばりすぎたるかなしこに口にしかねて歌で詫びたり

「家に居ろ」その舌の根も乾かぬに〝Go To〟〝Go To〟連呼する人

9月中旬、〝Go Toトラベル〟キャンペーンに10月1日から東京が追加されることが報道される。

秋雨の中を歩める街人よウイルスの他何を悩める？

9月の東京はほとんど雨の日々。

この雨をいずこ行くらん我が妻よもう気にすべき人にあらずを

陽性の人数を気にしなくなり…されど胸裏はなおも陰性

大波も二度もしのげば興味なしコロナのニュースはチャンネル変える

世は今やただの風邪とも思うめり立場的にはそうも言えぬが

いつからかコロナを風邪と思いつつマスク外さぬ善意外さじ

ただの風邪、「あれ」だとしてもただの風邪、そう言い聞かせルルを3錠

理不尽に胸というのは揺れ動くだから病がつけ込むんだな

コロナの秋も別れの季節で…

いつからか『鬼滅…』の彼女が来ないのはそのふたおやも別れたりけり

印を押すただそれだけの運動に胸の曇りが……晴れず陰性

ふたおやは今日より離ると知ったればあわいをまよう吾子の福耳

やわらかにそのはだなめたこの舌がさよならひとつ何故か言えない

「愛」という字の成り立ちを問い妻は振り返らずに家を出でたり

まもるべき家族を病、いや俺が一撃にしてぶっ壊しけり

コロナ前ぎこちなくとも笑みありきつまりコロナに敗れたるらし

あの人は去って行っても困らせる部屋に転がる生理用品

ひとり身のからのからだを起こさんと熱き珈琲喉たばしらす

出来もせぬおむらいすなどこころみて子はこころ寄すちゃーはんとして

かたわらに座る我が子に我が涙悟られぬようニュース凝視す

人が錆びるそれも悪くはなさそうだ折れ釘の手を吾子と見比べ

とうからに父子ふたりの朝餉なり今日は並まず対面に喰らわん

君こそが俺を支えてくれたから君をどうにか育て来にけり

君いずれパパを離れて行くんだな十数年後は「さびしにあ」だな

「人ならば人の顔して生きたい」とさらば小生、父の顔して

暗く笑み朗らかに泣く日々となりようよう人の父となんめり

久々に登校むずがる泣き声になぜだろ君に救われた気が

コロナ下に新たに家を成すもあり己の品と何か異なる

11月から12月の第3波

新嘗の祭りもあらぬこの年をいつか離るる疫神の手は

"Go To〜"の人波寄せし第3波あっという間にせり上がりたり

二度あるは三度ありとは言うけれどこれは官製人災と呼べ

〝Go To～〟とウイルス合わすハーモニー国にあまねくクレッシェンドす

この年はいとど余と世が分からないどこに向かって歩いているのか

〝Go To～〟が招き寄せたる第3波流れてどこへ迷う年の瀬

12月17日には感染者が東京だけで八百超とて詠める

"Go To～"と因果関係不明とは何とやらの感染八百

この月、イギリス、南アフリカで感染力の強い変異種が拡がり、28日には我が国で再び水際での入国管理が強化される。

ウイルスが地球の裏で変異して再び閉じるみなと、この年

その一方で12月29日、株式市場は三十年ぶりの高値をつける。

世を挙げて危機と戦う最中にも市場に集うヤフーあんなり

さらにその一方で…

コロナ禍をほんとにみんなよく耐えたされど賞与を下げる年末

２０２０年12月31日、各地を強い寒波が覆い、大雪に見舞われた地方も。

風神は大晦日にすさびして吹雪あららか白和幣かな

この年もついに境を越ゆるとて何か鎮まり何か祓わる

この日、東京の感染者数が千人を超えた旨が報道される。

ついに千超えた割には危機感もなく宣言は請える人々

お上から緊急事態と宣られねばおのが当為も分かぬ人々

第3の波のまにまに着きにけむ何故か我が家に寝ぬる元妻

いろいろを解決するというけれどコロナの年のとき空回り

あだなりしこのひととせを初めより返さんすべを誰か知らぬか

かの棒が今年の果ての夜にひびを入れたる音す病禍の年の

ずしやかにおおつごもりを鎮めにし雪踏むあした反問のごと

唾棄すべき歌もありけりウイルスよおまえは俺の性を蝕む

我が血もて記しし歌書と言うべきかただねがわくは陰性（ネガティブ）な血の

人の心をむしばむウイルス

今野寿美

エッセンシャル・ワーカーなんてことばが報道で見聞きされるようになって、なんだかよくわからないまま調べてみると、人びとの暮らしを守るため支えるに必要不可欠な仕事に従事している人たちをいうのだとある。コロナ禍の事態を受けて急速に浸透したことばのようで、特に医療従事者、宅配業者、スーパー従業員、介護や保育また公共交通機関の職員などなど、その業務がクローズアップされることから始まったらしい。そもそもイギリスで、日常生活に必要な労働者と不必要な労働者を二分し、労働階層を再認識しようとしたのだとか。そうした解説のいくつかを読むうちに、抑えようのない違和感を覚えてしまった。何より、労働に必要と不必要なんて区別をしていいのだろうか。区別できるものだろうか。これは訳語の問題だろうか。悪質な詐欺や賭け事で暮らしている輩はいるらしくて、それは泥棒と同じで労働にはならないだろうから、不必要な労働などと呼べる労働があるとわたしには思えないし、それこそ差別的認識ではないかという気がする。

コロナ禍には、こんなふうに変なことが次々と現象として現れるのだ。世界的な災厄となって、この国ではいたしかたないことかもしれないが、カタカナ語がやたら増えたと言われているのもそのひとつ。ロックダウン、パンデミック、クラスター、アラート、ソーシャル・ディスタンス……。このソーシャル・ディスタンス（社会的距離）はマナーとして提唱されたのだと思うが、本来、社会的にはつながりを保ち、身体的接触は避けるという意味を意図したのに、その意に合わないというので、WHOはフィジカル・ディスタンシング（身体的距離の確保）と言い換えるとした。二〇二〇年三月二〇日の会見である。ところがこの言い換えは、少なくとも日本国内では、まったく顧みられなかったようだ。弁護士それも外資系金融機関の役員を務める沖荒生さんは英語で勤務をこなす日々のはずだから、昨年春以来の言語状況には落ち着かない日々だったかもしれない。

歌集『コロナ禍の記憶』のはじめのほうに、こんな一首がある。

どうでもいいだがどうしても気にはなる「不要」と「不急」…and か or か？

どうでもいいけど……、と冷めた気分で始めているところがおもしろい。「不要不急」の外出を避けよとお達しがあって、市民、国民は最初の緊急事態宣言のおり、かなり忠実に従っていたように思う。日常の買い物は当然該当せず。だけど、必需品のマスクは探して探し回らなければならなかったし、老親の様子を見に行くのだって、禁を犯す気分にさせられるし、という具合に、どこかお触れが統括的なだけで状況に見合わない部分も多いから迷わせるわけである。その迷いを、歌は、英訳した場合の落ち着かなさに移し替えていっているのである。

こんなふうに、コロナ禍という忌まわしい世界状況を、日本人社会に暮らしつつ日常的に国内外を俯瞰する立場で、出来するもろもろを歌のかたちで描き、伝えようとしたのが『コロナ禍の記憶』であるらしい。人間の記憶はその都度の自分の反応とともにそれなりの強さで残りはするが、細かい部分はどんどん抜け落ちてゆくものだから、コロナ禍にしても時系列的に個々人が甦らせることはなかなかむずかしい。それだけに、『コロナ禍の記憶』を巻頭から読み進めると、この一年ほどの事どもがリアルに浮かんできて、少なからず刺激された。記録的な意味をもつということはその通りのはずとしても、当然ながら語り手固有の目線を通しているのであって、そこには批評精神がたっぷり反映されている。

おにやらいする声もなき太陰のおおつごもりに来たるまれびと

これは巻頭歌である。「おにやらい」すなわち追儺はそもそも宮中で大晦日にするものだったという。それが節分の民間の行事になったのは近世になってのことらしく、大晦日の行事という習慣はほとんど消え失せているようだ。この歌、詞書と併せ読めば、二〇一九年の大晦日、おにやらいの気配もないその日に、中国の親会社から「高位の客人」を迎えた。そのとき、かの地ではすでに不審な新種のウイルスについてささやかれていたのだった。中国当局の初期の対応が鈍く蔓延を防げなかった事実は今ではよく知られているが、「まれびと（客人）」も、迎え入れた側も、その話題には触れることがなかったというのである。やらわれてしかるべき災厄は、こうして世界中にラクラク侵入していったということだろう。人びとの意識も国の態勢もまったく無防備そのものだったのだ。

その後の、日本国内でいえば緊急事態宣言（四月七日）に至るまでの右往左往ぶりは、誰の記憶にも実感をともなって甦るに違いない。

「国民の皆様のため」の人々の「国民」という共同幻想
宣言は単なる国の宣言で社の緊急は今や日常
会議とは目を見て話すが当然で斜に座れば皆流し目で
ストレンジャー来ることもなきストリート経済ストップ乏しきストック
この味が薄くないかと聞こゆれば隣の客が陽性記念日

一首目、たしかに「国民の皆様のため」なんてよく洩らされるが、過剰なへりくだりを感じさせ、むしろ卑屈に聞こえてしまう。だいたい「国民」という括りなんぞ、というところで吉本隆明を呼び起こすのが沖荒生流。集中には赤坂憲雄や網野善彦の言を援用しての文言もみられ、硬派の印象を受け止めそうにもなるが、沖さんが青春期以来傾倒した読書領域を基盤としての、おのずからなる発想であり用語なのだと思う。この歌の下の句にせよ、素直に共感したくなるし、上の句との組み合わせとなれば、もう否応のない着地というほかない。

コロナ禍というのは、個々人のやり過ごし方がそれぞれ耳を傾けるべき現実のややこしさを語っていると思えるが、テレワーク推進の号令下にある職場のその日その日というものが、いかにゆがんだ状態のまま社員を精神的にも身体的にも追い詰めているか、右の二首目からの三首を読むだけでもおおよそが伝わってくる。

社内の刻々というものは、こんなふうに張り詰めて、当然ながら安穏となどしていられない。出社して対面の会議をするのがスタンダードのはずだが、事態を受けて座席の取り方を配慮すれば、それだけで会議の風景は一変するわけである。観光をはじめ日本の産業は一気にすぼまり、そこで政府が盛り立てようと鳴り物入りでとった方策はタイミングを見誤った結果か感染者の増大を招いてしまった。いまだに先は見えない。

四首目の「ストレンジャー」は外国からの出張者、観光客をさすのだろう。かつて空港も都内の駅も大いに賑わったが、昨今は名残の影すらなく、国家の経済はたちゆかない上ストック（在庫・株式）もかつかつ。もう洒落のめしてしまうほかないとばかり、ことば遊びが短歌ならではのかたちに結晶していて素直に笑える。

さらに次の歌に至っては本歌取りよろしく、感染の不安に怯える市民感情をいっていることになる。初期の頃から味覚、嗅覚が利かなくなるという症状について報告され、感染、非感染の判断材料のひとつにもされた。一首の頭と尾とで本歌に重ね、店内で隣の客の感染を危ぶむ。こうした軽口めいた歌をも織り込みながら、『コロナ禍の記憶』は二〇二〇年という時間をたどってゆく。ただ、そのためのみの歌集でないことを、ゲラとなって読んで初めてわたしは察した気がした。

ほとんど書き下ろしの一冊といってよいこの歌集は、新型のコロナウイルスが世界中に蔓延して引き起こした災厄を、一市民の語りによってつぶつぶと描き出したもの、であるには違いない。そこに、沖さんは夫婦の関係が破綻してしまうゆくたてを重ねたのだ。

「コロナ離婚」という言い方は割合早い時期から聞こえていたが、順調だったことがパタッと次々行きづまり、誰の心もすさんで、やがて夫婦の間にも亀裂が入るという現象は、急速に思いがけない広がりを現実のものにしていったらしい。

ウイルスがまぎれこむのは肺ならず暮らしの襞が硬化してゆく
いつの間にコロナや家に忍び入る夫婦のすきま風とともにか
家居とはかくしもひとを生おし立つ銃うちまくる我が子のアバター
巣籠もりに晴雨はこもごも訪れて孤独にもあるかわき、うるおい

これが作者沖荒生の現実のままなのかどうか、それはどうでもいいことだ。短歌という表現形態につきまとう語り手自身の告白の要素より、わたしはなんとなく小説的な仕立て、ひとつのドラマとしての構想だったのだと合点した。それが正しいかどうかも別に気にならない。この一冊のテーマは、コロナ禍という災厄によって、人間の心はこれほどもろく、壊れやすいものかをいうところにある。そこに尽きると思うに至った。沖荒生は、この機に人間社会のその哀しさ（あはれ）を描こうとしたのだと思う。

ただ、そうして感傷に浸っていればいいわけではなく、たとえば夫婦の間のこどもには迷惑なだけで理解できるはずがない。『コロナ禍の記憶』の夫婦の間には七歳の男の子がいて、この子の描写はいきいきと可愛く、素直な成長ぶりを伝えている。家庭内の怪しい雲行きがわかるのか、あるいはコロナ禍の異常さを受けてのことか、登校をいやがるようになる。父親もこの子が不憫だし、愛おしいし、結局親権は父親のものとし、妻は振り返りもせず家を出てゆく。息子の「彼女」が遊びにきては「鬼滅の刃」を歌うのでテレワークのさなか困った父親だが、「彼女」はやがて来なくなった。「彼女」の両親も別れたのだというオチがつく。

夏の終わりに父と子が最後の花火をする。〆はやはり線香花火。線香のあえかさを問う息子と答える父親のシルエットがせつない余韻となっている。

薄味の今年の夏を味わおうこれが最後の線香花火か
線香は何故弱いのか聞く君よそうだね君は強くあれかし

『コロナ禍の記憶』は、ここ百年の地球上における最悪の疫神の猛威を記録したルポ、ではない。批判を含みもつが、その書であるわけでもない。コロナ禍によって、人間の心が抗いようなくむしばまれ、社会が、家庭が、こんなにももろく崩壊してしまうこと、その過程を、沖荒生は一気に語ろうとした。沖さんが、今の時点で、コロナ禍の歌によって一冊にまとめたいとした意欲を、わたしは読み通してすっきりと理解した。そして肯定したいとも思った。

中編の小説のような運びで物語は時の経過をたどり、そして思いがけない結末に至る。ただ、哀しい物語ではない。父と子のシルエットによって、また、プロットが一首、一首と重ねられる歌集であることによって。

『コロナ禍の記憶』は、まぎれもない、読み応えある歌集の一冊なのだった。

二〇二一年一月尽

あとがき

２０１９年の後半から私は、それまでに書き溜めていた短歌をまとめて第一歌集を出すことを考えていました。しかし、その計画は２０２０年に大きく変わりました。グローバルにビジネスを展開する、しかもデジタル化の比較的進んだ金融機関で働く日々があっさりと崩れました。そして、いろいろな意味で落ち着きを回復するために必要だったことは、極めてプリミティヴな行動でした。

境界を越える往来を制限ないし警戒する、ビジネスをするにしても接触を避けて無言で行う……民俗学や歴史学に関心のあった自分にとって、令和2年の日常は古代の人々の習俗と似通ったものでした。つまり、文明というものは、一つのパンデミック――あるいはケガレ――によって支障を来すものであったようです。

この問題が生じて以降、普段以上のペースで作歌をしていたのも、無意識のうちに「ケ」の「カレ」を短歌という「ハレ」の手段によって自身の精神的均衡を保とうとしていたのかもしれません。

「ハレの手段」と大上段なもの言いをしておきつつ、私に作ることができる短歌は、見聞するところに限られます。かろうじて巫覡的なところがあるとすれば、他の方のご経験を基に詠んだものでしょうか。この問題に私より深く悩まれた大勢の方に思いを致す時、自分が歌集を出すことに忸怩たるものもありました。しかし、一年近く継続的に、心象も含めた光景、見聞を短歌としてとどめたものを「りとむ」誌での掲載のため投稿している過程において、三枝昻之先生の『昭和短歌の精神史』にて学ばせていただいた、記録としての短歌の意義について私なりに考えるようになり、思い切って今野寿美先生に本書についてご相談することとしました。いつも丁寧にご指導していただいております三枝先生、今野先生にこの場を借りて篤く御礼申し上げます。さらに今野先生には年末年始のお忙しい中に、私の乱筆での修正の入った原稿をお読みいただき、また、解説をお書きいただくことになりまして、大変感謝しております。そして歌会――しばらく休止となっているのが残念ですが――において拙首にご意見をしていただいて来たりとむ会員の皆様、どうぞこれからもよろしくお願いいします。

角川『短歌』元編集長の石川一郎様、現編集長の矢野敦志様には、本書の企画にご理解をいただき、かつ、多くのご助言も賜りましてありがとうございました。編集の打田翼様、装幀の片岡忠彦様には、本書を形にするにあたりましてお忙しい中ご尽力いただきましてありがとうございました。

最後に、本書の題名について、ご著書の『ペストの記憶』を参考にさせていただくことをご快諾していただきました文芸評論家の武田将明先生、拙著『無言歌集』に加え、この度も過分のご厚意をいただきましたこと、深く感謝します。

この災禍が一刻も早く終息することを祈念しつつ

令和3年1月28日

沖　荒　生

著者略歴

沖　荒生（おき　こうせい）

昭和48年大阪生まれ
平成9年東京大学卒業
平成13年弁護士登録
平成30年6月歌物語『無言歌集』（角川書店）を上梓
同年9月りとむ短歌会に入会
現在金融機関役員

歌集　コロナ禍(か)の記憶(きおく)

りとむコレクション117

2021年3月25日　初版発行

著　者　沖 荒生

発行者　宍戸健司

発　行　公益財団法人 角川文化振興財団
〒359-0023　埼玉県所沢市東所沢和田3-31-3
ところざわサクラタウン　角川武蔵野ミュージアム
電話 04-2003-8717
https://www.kadokawa-zaidan.or.jp/

発　売　株式会社 KADOKAWA
〒102-8177　東京都千代田区富士見2-13-3
電話 0570-002-301（ナビダイヤル）
https://www.kadokawa.co.jp/

印刷製本　中央精版印刷株式会社

 ISBN978-4-04-884411-6 C0092